43

Lb 246.

LE CHANT

DE TIRTÉE,

OU

LA DESCENTE

EN ANGLETERRE.

EN QUATRE PARTIES.

A PARIS,

Chez Lefort, Libraire, Petite rue du
Rempart-Honoré et de la Loi, en face du
Théâtre-Français, N°. 961.

AN XI. — 1803.

cendre. Du fond de ma tombe, j'apprendrai vos revers, et mon âme satisfaite s'ouvrira encore au plaisir.

Conduit par ma haine, j'irai par toute la terre exciter les peuplés endormis dans une fausse sécurité ; j'apprendrai vos crimes aux deux mondes. Je dirai votre ambition effrénée, votre jalousie inquiète, votre insatiable avarice, votre politique ténébreuse, et votre amitié fatale à ceux qui l'ont embrassée. Je dirai l'odieux brigandage que vous exercez sur toutes les mers ; les chefs des peuples victimes de votre infâme cupidité, ou même immolés à vos indignes soupçons. Je dirai comment ce vil égoïsme qui vous meut se joue sans pudeur de la sainteté des sermens.

Je peindrai l'Irlande gémissant sous un joug que votre orgueil appesantit chaque jour, arrosée du sang de ses défenseurs infortunés, et pouvant à peine vous faire entendre ses plaintes. Je représenterai les malheureux fils de l'Afrique, trempant de larmes amères le sol qu'ils cultivent, et se traînant mutilés aux bords de leurs fosses. Les peuples de l'Inde privés par vos ordres sanguinaires de la plante utile qui sert à leur existence, errant abattus et pâles au milieu de leurs champs ravagés, déposeront par ma voix contre vos lâches fureurs. Je dirai aux hommes animés d'une véri-

table courage , l'insultant mépris que vous con-
cevez du fond de votre isle pour tout le reste
de la terre. Je dirai aussi aux Français la
haine froide et réfléchie que vous nourrissez
contre eux ; je rappellerai ces jours déplo-
rables où vos Rois appelés par des perfides ,
étalèrent pour quelques instans un vain pou-
voir dans nos murs ; on verra comment vos pères
chassés par-tout de nos fertiles provinces, em-
portant la rage au fond du cœur , ne pardon-
nèrent jamais à ceux qui les avaient repoussés
dans leur isle , et dont ils devinrent pour toujours les rivaux et les ennemis. Je dirai, comme
respirant dès le berceau la haine du nom français........ Insensés! Quels Dieux en colère
vous ont inspiré de tels sentimens ? N'avez-
vous jamais craint d'irriter notre vengeance ?
Je vous représenterai sur-tout dans ces derniers
tems , dans ces tems célèbres par nos malheurs
et par nos victoires ; je vous représenterai de-
vancés par la corruption votre compagne
fidelle , excitant nos troubles, alimentant nos
divisions , armant nos bras des poignards ai-
guisés par votre jalousie , rouvrant vous-mêmes
nos plaies sanglantes , et pour comble d'horreur , appelant la famine dans notre malheu-
reuse patrie. La postérité apprendra tous ces
forfaits qui appartiennent aux ames cadavé-
reuses ; votre nom , voué à l'exécration pu-

blique ira se placer auprès du nom des Canni-
bales féroces, qui, à votre exemple, s'a-
breuvent du sang de leurs semblables.

Puissent mes cris se faire entendre à tous
mes concitoyens ! puissé-je tracer dans leur
ame, en caractères de feu, la haine dont votre
haine injuste et cruelle m'anima contre vous,
dès que j'ai pu vous connaître ! O Anglais,
ô race abhorrée, vous avez juré au fond de vos
cœurs la ruine de la France! Mais que la France
lassée enfin de tant d'audace arme contre
vous cette jeunesse guerrière qui n'attend pour
partir que le signal de la vengeance : qu'elle
porte dans votre isle l'épouvante et le carnage !
qu'elle vous rende tous les maux que vous
avez voulu lui faire ! que l'Europe sortant de
sa léthargie partage sa juste fureur ! que la
rage et le désespoir consument vos entrailles !
que vos demeures, que vos ports embrasés
soient le châtiment des forfaits sans nombre
qui souillent vos annales ! Et puisse un jour le
pêcheur jetté sur vos bords par la tempête,
contempler des landes incultes, où fut l'orgueilleuse Albion !

SECONDE PARTIE.

Albion, réceptacle impur de nos ennemis ;
toi dont le nom seul fatigue ma haine par mille
imposteurs souvenirs, j'ai vécu dans ton en-
ceinte ; j'ai vu dans tes murs un peuple inquiet,
vain et ombrageux, guidé par son avarice,
dévoré par l'envie, en proie à l'ambition et
enseveli dans une misantropie sauvage ; j'ai vu
l'ostentation répandre avec prodigalité les se-
cours dus en secret à l'humble indigence. J'ai
vu tes plaisirs, tes fêtes, présidés par l'ennui
sur un trône d'or. J'ai vu ce Sénat, dépositaire
infidèle des droits du peuple, obéir docilement
aux impulsions d'une cour ambitieuse. La splen-
deur de tes bâtimens, le luxe et les richesses
des deux mondes étalés par-tout dans tes demeures, ont chaque jour frappé mes regards.
J'ai examiné ces vastes dépôts enrichis des pro-
ductions du monde entier, augmentés depuis
par nos malheurs et par les craintes du spécu-
lateur timide qui frustre sa propre patrie d'une
fortune qu'il devait lui sacrifier. Mes yeux se
sont portés souvent sur cette forêt de vaisseaux
dont l'orgueilleuse Tamise voit au loin ses
ondes couvertes, et dont l'aspect m'arracha toujours des larmes amères.

Quelle immense proie, quels trésors nombreux renferme ton sein pour ces guerriers intrépides qui vont punir ton audace ! Quelle recompense de leurs travaux ! C'est dans tes murs qu'ils doivent trouver enfin le prix de leurs veilles, le prix du sang qu'ils ont répandu dans ces guerres suscitées par la funeste envie. Albion, altière Albion, tu succomberas bientôt sous les efforts de tes ennemis. Moi-même je veux diriger leur fureur ; ou si la mort trompe ces vœux d'une ame altérée de vengeance, mon ombre accourra du fond des enfers ; elle viendra se repaître du spectacle de ta douleur. O! Anglais, j'entendrai vos cris, vos gémissemens ; ma haine avide recueillera vos pleurs sur vos joues décolorées. J'observerai vos soupirs, je verrai vos fronts pâlissans empreints du sombre désespoir. Avec quel plaisir mes mânes parcourront ces lieux, devenus alors la proie des flammes et d'un vainqueur irrité !......

O jours desirés de carnage et de destruction ! que vous tardez à mon impatience ! O jours mille fois heureux, sortez de la nuit des tems , franchissez l'intervalle qui vous sépare de ma vengeance. Venez conspirer avec ma fureur. Que toute la terre seconde ma haine, que tout s'arme contre vous..... Où fuir, dans ces jours de pleurs et de sang ? Où vous retirer, ô ! Anglais ? Irez-vous porter vos débris dans ces

lieux où votre audace insolente voulut imposer
des lois ? Irez-vous chercher un asile dans ces
tristes climats si souvent témoins des douleurs
et du désespoir de vos esclaves ? Irez-vous im-
plorer la pitié Américaine, vous qui enseignant
aux sauvages mêmes de nouveaux moyens de
férocité, avez étonné par vos crimes ces peuples à qui vous n'offrez que des souvenirs d'horreur ? Redoutez sur-tout cette contrée malheu-
reuse dont votre infâme politique sollicita si
long-tems la ruine. Conjurez les vents favora-
bles de vous éloigner de nos bords. Là, tous les
bras seront levés pour vous punir. Là, vous
retrouverez dans les fils la fureur des pères;
vous fuirez devant nos enfans comme un troupeau timide à la vue d'un jeune lion... Comment
échapper à la rage du vainqueur ? Tous les
peuples vous repousseront de leur sein. Oui,
Anglais, vous serez tous anéantis; vous dispa-
raîtrez de dessus la face de la terre; et vous
servirez d'exemple terrible à ceux qui voudront
comme vous sacrifier le bonheur des hommes
à leur vaine ambition.

TROISIÈME PARTIE.

Oui, je vous abhorre, Anglais. Envain je voudrais m'en défendre, envain mon cœur étonné de ce qu'il éprouve cherche en vous quelques vertus. Envain fatigué de mes fureurs, je voudrais m'abandonner à ce doux penchant qui sollicite les mortels à l'amour et à la concorde. Je ne sais quel instinct plus puissant que ma sensibilité m'éloigne de vous malgré moi-même. Il n'en faut point douter, c'est le génie de la France qui excite au fond de mon ame cette horreur involontaire qui l'agite quand votre idée se retrace à ma mémoire. C'est à lui que mon esprit doit cette impulsion secrette qui dirige contre vous ses efforts et ses pensées. Oui, quand je dénonce vos crimes à toute la terre, quand je réveille par-tout la rage des peuples, j'obéis à sa voix sacrée. J'obéis encore à sa voix sacrée quand ma haine active appelle sur vous les tourmens affreux et les vengeances terribles. Qui pourrait ne pas approuver mes transports? Vous êtes Anglais, je suis Français; une barrière sanglante sépare l'habitant des Gaules d'avec l'insolent insulaire que la nature avait sagement placé aux bornes du monde.

Quel Français oubliera et vos longs ou-

trages et votre odieuse envie ? Ceux même
qu'a nourris votre perfide vanité, sacrifiés en
tous lieux comme de vils troupeaux, maudis-
sent cette cruelle compassion qui n'a servi qu'à
les entraîner plutôt dans le précipice. Vos forfaits sont gravés trop profondément dans nos
âmes, pour que la main du tems puisse les en
arracher. Nos femmes, nos filles ne se rap-
pellent votre nom qu'avec effroi. Au récit de
vos attentats, nos neveux frémiront d'horreur,
et nos matelots effrayés fuiront ces terres souil-
lées par vos ossemens.

C'est vous dont la sombre jalousie, réveillée
par nos succès et sur-tout aigrie par notre li-
berté naissante, arrosa nos terres du sang d'un
si grand nombre de victimes. Eh ! quels étoient
donc les crimes de la France ? Répondez,
peuple dur et envieux ; elle a voulu être
libre ; de là votre haine prenant de nouvelles
forces ; de là votre ambition et votre avarice
alarmées, redoutant cet enthousiasme sacré que
produit l'indépendance dans les ames géné-
reuses ; de là ces ligues coupables, ces projets
d'une scélératesse raffinée ; de là ces horreurs
inconnues jusqu'à présent dans les annales de
l'espèce humaine. Quels autres que vous au-
roient pu imaginer ce système affreux de destruction ; vos complots ténébreux ont couvert
la France de deuil au milieu de ses victoires, ou

plutôt c'est le dieu du mal qui, par votre organe impur, a soufflé tous ces malheurs sur mon triste pays. Semblables à ces plantes vénéneuses qui infectent l'air de leurs vapeurs, votre haleine empoisonnée souille tout ce qui se rencontre dans son atmosphère.

QUATRIÈME PARTIE.

JE puis enfin triompher ; ils sont arrivés, les jours réservés à la vengeance ; parjure Albion, rivale odieuse, tu vas succomber. Nos soldats sont prêts. Rassemblés sur le rivage, ils attendent qu'un vent favorable ait enflé les voiles de leurs vaisseaux ; ils soupirent après le moment qui leur permettra de punir la longue insolence. Leurs cris fatiguent les cieux ; on lit dans leur regard sombre et menaçant la haine qui les consume à leur tour. O ! Anglais, vous l'avez voulu. Déjà nos mains bienfaisantes vous ont présenté la paix : vous l'avez acceptée, pour la repousser ensuite par la plus affreuse perfidie. Que toutes les horreurs de la guerre retombent sur ceux qui aiment à faire couler les larmes des tristes humains ! Nos cœurs sensibles avoient desiré mettre un terme au carnage. Nous voulions à des jours de tristesse et de douleur, faire succéder des jours sereins et tranquilles.

La haine inflexible de nos ennemis a trompé
nos efforts ; ainsi, après une nuit sombre et
orageuse, lorsqu'un brouillard épais couvre
encore la terre, le soleil lance avec peine ses
rayons ; tantôt il pénètre à travers les vapeurs
humides qui flottent dans l'air ; tantôt lui-même,
pâle et obscurci, il nous dérobe sa lumière ; enfin il a dissipé, pour quelques momens, ces
faibles obstacles, et il a rendu à la nature toute
sa beauté : mais tout-à-coup les enfans du nord
se précipitent sur la terre, et déjà ils l'ont re-
plongée dans les ténèbres. Ils veulent encore
du sang, ces violateurs de la foi jurée ; ils seront satisfaits ; le sang coulera encore. Enfans
des Gaules, partez, et bravant la fureur des
flots, courez descendre sur ces rives abhorrées.
Allez châtier l'orgueilleuse jalousie d'un peuple
instruit dès l'enfance à vous haïr ; que la Tamise
épouvantée roule avec ses eaux les débris des
demeures échappées à la flamme dévorante.

Combien de héros courent affronter l'humide
élément ; Dieux des vents et des tempêtes, res-
pectez ce dépôt précieux, ce sont les vainqueurs
de Fleurus, d'Arcole, d'Héliopolis et de Ma-
rengo ; ce sont là les redoutables phalanges qui
ont ébranlé les trônes, changé les états, et
dicté des lois à l'Europe. Les fils d'Albion et
leurs chefs hautains ont fui devant ces bandes
intrépides comme un troupeau de faibles

colombes poursuivi par le vautour affamé.

Accourez, enfans des Gaules, la voix de vos généraux vous appelle... Vous le savez, s'ils se retirèrent jamais à l'approche du danger. Accoutumés à guider votre fureur au sein des combats, ils se sont toujours précipités à votre tête au milieu des bataillons ennemis. Tel un coursier vigoureux à la tête de ses compagnons franchit les fleuves, affronte les ponts nouveaux, ou dans sa course rapide parcourt les vastes prairies; ses naseaux brûlants respirent les combats, et son pied impatient frappe et repousse la terre. Vous les voyez au milieu de vous, ces héros dignes émules des Ajax et des Diomède, ces héros dont vous-mêmes avez si souvent admiré la bouillante audace; ils réclament tous l'honneur de porter les premiers coups sur un ennemi odieux. Quel est ce guerrier qui s'avance? quel feu! quelle majesté dans ses régards! Est-ce Mars ou bien Achille?...Soldats, c'est votre invincible Chef; sa fortune et son génie vous assurent la victoire; la dernière heure d'Albion est venue; qu'elle tremble cette ville altière, elle touche au terme de son insolent orgueil.

Partez, jeunesse intrépide, allez punir six cents ans de forfaits; satisfaites aux transports d'une juste indignation, que tout disparaisse devant votre furie vengeresse. Ce n'est plus la

France , c'est l'Europe , l'Univers entier qui
vous charge de sa cause contre ces insulaires
parjures. Le sang répandu à Copenhague par
leurs mains impies , ce sang fume encore....
Mais... craignez surtout d'obéir à une pitié
dangereuse , que rien ne retienne vos bras
levés pour punir. Songez combien leur haine
active a pesé sur votre patrie , et vous pour-
riez jamais oublier tant d'injures ! Ah ! rap-
pellez-vous cette paix qu'ils n'ont si solen-
nellement jurée que pour mieux tromper votre
franchise. Insensés ! ils se sont dit au fond de
leurs cœurs : égarons la sensibilité d'un ennemi
plein de candeur , qu'à la faveur d'un calme
perfide il soit tout surpris de se retrouver au
sein des horreurs de la guerre ; ainsi ce lion
que la force n'a pu subjuguer, la ruse pourra
le vaincre. Il ignorait donc , ce peuple de for-
bans , qu'il suffit d'un seul jour pour terrasser
son orgueil , et ce jour , grâce au ciel , n'est
pas loin. Rejouissez-vous , enfans des Gaules,
déjà les vents soulèvent les voiles de vos vaisseaux , la mer blanchit d'écume , déjà penchées
sur leurs nuages , les ombres des Tourville,
des Jean Bart, des Suffren, vous tracent la route
que vous devez suivre ; le magnanime Kléber
à leur tête vous montre sa plaie sanglante :
Partez , précipitez-vous sur ces rives ennemies,

et semblables à un fleuve impétueux qui franchit dans sa violence les digues qu'une main imprudente a prétendu lui opposer, portez en tous lieux l'épouvante et la destruction.

F I N.